প্রজাপতির পাঠশালা

দীপান্বিতা রায়

প্রচ্ছদ ও অলংকরণ: উজ্জ্বল গোস্বামী

আ ন ন্দ

প্রথম সংস্করণ জানুয়ারি ২০১০

ISBN 978-81-7756-911-7

আনন্দ পাবলিশার্স প্রাইভেট লিমিটেডের পক্ষে ৪৫ বেনিয়াটোলা লেন কলকাতা ৭০০ ০০৯ থেকে সুবীরকুমার মিত্র কর্তৃক প্রকাশিত এবং নবমুদ্রণ সিপি ৪ সেক্টর ৫, সল্টলেক সিটি, কলকাতা ৭০০ ০৯১ থেকে মুদ্রিত।

৮০.০০

দিশারীকে, ফুল-পাখি-প্রজাপতিরা আসলে
যার বন্ধু

জামা-কাপড় পরা হয়ে গেছে মিঠির। চুল-টুল আঁচড়ে নিয়ে মা-ও তৈরি। তবে বাবার বোধহয় এখনও একটু সময় লাগবে। এমনিতেই বাবা একটু ধীরে-সুস্থে কাজ করে। বাবা কী করছে দেখে নিয়ে, বসার ঘরে এসে টুক করে টেলিভিশনটা আবার খুলে ফেলল মিঠি। রিমোটের বোতাম টিপে এক নিমেষে পছন্দের কার্টুন চ্যানেলে। টিভির আওয়াজ কানে যেতেই শুরু হল মায়ের চেঁচামেচি। "মিঠি আবার তুমি টিভি খুলেছ। এক্ষুনি বেরোতে হবে আমাদের।" মায়ের কথা অবশ্য একটুও কানে ঢুকছে না মিঠির। ততক্ষণে সে ডুবে গেছে গল্পের মধ্যে।

কিন্তু বাবা যেন আজ বড্ড তাড়াতাড়ি তৈরি হয়ে নিল। মায়ের বকুনিতে বাধ্য হয়ে টিভি অফ্ করতে হল মিঠিকে। এবার নাকি ট্রেন মিস্ হয়ে যাবে। বেজার মুখে, নিজের ছোট্ট ব্যাগ আর জলের বোতল নিয়ে গাড়িতে উঠল মিঠি। গাড়ির পিছনের ডিকিতে সুটকেস রেখে খুশিখুশি মুখে উঠল মা-বাবাও। আজ ওরা বেড়াতে যাচ্ছে।

মিঠির স্কুলে তো গরমের ছুটি চলছেই। তাই কয়েকদিন ধরেই বাড়িতে বেড়াতে যাওয়ার কথাবার্তা হচ্ছিল। শেষ পর্যন্ত মা-বাবা দুজনেই ছুটি পেয়েছে। তাই আজই ট্রেনে চেপে বেরিয়ে পড়া। ভারী অদ্ভুত একটা জায়গায় যাচ্ছে তারা। মা বলেছে, জায়গাটার নাম নাকি 'জুরান্তি'। সেখানে নাকি পাহাড় আছে, আবার চা-বাগানও আছে। মেঘেরা নাকি সেখানে দলবল নিয়ে নেমে আসে মাটির কাছাকাছি।

নামটা অবশ্য একটুও পছন্দ হয়নি মিঠির। 'জুরান্তি' আবার কী নাম! কেমন যেন জুজুবুড়ি জুজুবুড়ি ভাব। আর পাহাড়, ফুল, গাছপালা যাই-ই থাক, ওখানে যে টিভি নেই, সে তো মা বলেই দিয়েছে। টিভি যেখানে নেই, সেই জায়গা আবার ভাল হতে পারে নাকি? মিঠির তাই মন খুব খারাপ। বেড়াতে যাওয়ার একটুও ইচ্ছা নেই। কিন্তু উপায়ও নেই। সে তো নেহাত একটা ছোট্ট মেয়ে। সবে ক্লাস থ্রি-তে পড়ে। একলা একলা বাড়িতে তো আর থাকতে পারবে না। মা-বাবার সঙ্গে যেতেই হবে।

মিঠিরা যখন স্টেশনে পৌঁছল, নীল রঙের ট্রেনটা তখন প্ল্যাটফর্মে দাঁড়িয়ে। টিকিটের নম্বর মিলিয়ে বাবা উঠল। দিব্যি একটা ছোট্ট ঘরের মতো কামরা। স্কুলের বেঞ্চের মতো লম্বা লম্বা গদি মোড়া বসার জায়গা। ওপরেও দুটো একইরকম গদি মোড়া বেঞ্চ। মিঠি অবশ্য জানে, যে ট্রেনে রাতে ঘুমোতে হয়, সেখানে এই গদি মোড়া বেঞ্চগুলোকে বার্থ বলে। আগেরবার যখন ট্রেনে চেপে হায়দরাবাদ গেছিল, তখনই বাবা ওকে বলেছিল। সিটের নীচে সুটকেস ঢুকিয়ে, জিনিসপত্র ভাল করে গুছিয়ে বসতে না বসতেই ট্রেন ছেড়ে দিল। জানলার কাচে চোখ দিয়ে মিঠির মনে হল, কলকাতা শহরটা পেরিয়ে যেতেই, ঠিক যেন সূয্যিমামাকে ধরার জন্য হঠাৎ জোরে ছুট লাগিয়েছে ট্রেনটা। খুব তাড়াতাড়ি পেরিয়ে যাচ্ছে ধোঁয়া ওঠা চিমনি, সবুজ সবুজ ধানের খেত, ঝমঝম ব্রিজ। কিন্তু সূর্যকে ধরে ফেলা কি অত সহজ? কিছুক্ষণ মেঘের এপাশ-ওপাশ থেকে হাত নেড়ে, একসময় ঝুপুস করে লুকিয়ে পড়লেন তিনি। আর সূর্যকে খুঁজে না পেয়ে রেগেমেগে ট্রেনটা ঢুকে পড়ল একেবারে অন্ধকারের রাজ্যে।

জানলার বাইরে আর কিছু দেখার নেই। কামরার ভিতরেও কিচ্ছু করার নেই। মা-বাবা দিব্যি গল্প করছে। কামরায় অচেনা একটা কাকু আছে। সে একপাশে বসে মন দিয়ে ল্যাপটপে কীসব কাজ করছে। মিঠির কোলে একটি গল্পের বই খোলা। পড়তে একটুও ইচ্ছে করছে না। মা মাঝেমাঝেই ব্যাগ থেকে নানারকম খাবার বার করে দিচ্ছে। বাড়িতে কখনও দিতে চায় না, কিন্তু আজ একটা পোট্যাটো

চিপসের প্যাকেটও দিয়েছে। কিন্তু তবু মনটা হু-হু করছে মিঠির। অন্যদিন এইসময় পড়তে বসার আগে, দুধ-বিস্কুট খেতে খেতে টিভি দেখে সে। কতরকম গল্প। কত মজা। এখন গোটা গোটা চারটে দিন সেসব কিছুই দেখা যাবে না। ভেবেই কান্না পেয়ে গেল মিঠির।

"কী হল মিঠি, কাঁদছ কেন? ঠামির জন্য মন কেমন করছে?" আশ্চর্য হয়ে জানতে চাইল মা। টিভি-র কথা যে মাকে কিছুতেই বলা যাবে না, মিঠি ভালমতোই জানে। তাই কোনওরকমে ঢোঁক গিলে বললে, "ঝাল লেগেছে।" তাড়াতাড়ি ব্যস্ত হয়ে জলের বোতল পাড়ল বাবা, মা চকোলেট বার করে দিল। আর আসল কথা কেউ বুঝতে পারেনি বুঝে, মিঠি একটু খুশি হয়ে বললে, "আমি এবার বাঙ্কে গিয়ে বসি।"

নিজের পুতুল-টুতুল, রং পেনসিল-খাতা নিয়ে বাঙ্কে উঠে মিঠির মনটা কিন্তু আবার ভাল হয়ে গেল। চার-পাঁচটা পুতুল রয়েছে সঙ্গে। তার একেকটাকে কার্টুনের মতো একটা করে নাম দিয়ে দিল ঝটপট। তারপর আগের দেখা গল্পগুলোই ভেবে নিয়ে খেলতে লাগল নিজের মনে। সব কথা বলছে মিঠি নিজেই। কিন্তু তবু মনে হতে লাগল, পুতুলগুলো যেন জ্যান্ত হয়ে ঠিক ওর টিভিতে দেখা চরিত্রগুলোর মতোই নড়ছে-চড়ছে কথা বলছে।

ওপরের বার্থেই কম্বল মুড়ি দিয়ে ঘুমোচ্ছিল মিঠি। কখন সকাল হয়ে গেছে টেরও পায়নি। মায়ের ডাক শুনে বাইরে তাকিয়ে দেখে দিব্যি ফুটফুট করছে আলো। হাত-মুখ ধুয়ে জামা-জুতো পরতে না পরতেই ঘসঘস করে ট্রেন এসে থামল একদম অচেনা একটা স্টেশনে। জিনিসপত্র নিয়ে ওভারব্রিজ পেরোতে পেরোতে বাবা বলল, "এবার আমরা গাড়িতে চাপব আর একটু পরেই পৌঁছে যাব মেঘের দেশ জুরান্তিতে।"

গাড়ি চলছে শহরের ভিতর দিয়ে। চারিদিকে অনেক দোকান-বাজার, লোকজন। একদম কলকাতার

মতোই। এখান থেকে এত সহজে কী করে মেঘের দেশে পৌঁছনো যাবে ভেবেই পাচ্ছে না মিঠি। শহরটা কিন্তু খুব তাড়াতাড়ি ফুরিয়ে গেল। লম্বা লম্বা কী একটা গাছের জঙ্গল। মা বলল, ওগুলো নাকি শাল গাছ। "ভালুক-টালুক থাকে না তো ওখানে?" ভয়ে ভয়ে জানতে চাইল মিঠি। আর তার কথা শুনে হোঃ হোঃ করে হেসে উঠল মা-বাবা দু'জনেই। প্রচণ্ড বিরক্ত হয়ে আর কোনও কথা বলবে না ঠিক করে, ভুরু কুঁচকে সামনের দিকে তাকিয়েই চমকে উঠল মিঠি। ও কী! ওরকম মস্ত ওটা কী!

মিঠি কোনওদিন পাহাড় দেখেনি। কিন্তু ওই মস্ত আকাশছোঁয়া অদ্ভুত জিনিসটা দেখেই সে বুঝে ফেলল, এটা নিশ্চয় একটা পাহাড়। ঘন সবুজ, অনেক অনেক গাছপালায় সারা গা ঢেকে কেমন সোজা হয়ে দাঁড়িয়ে আছে। আর কী আশ্চর্য, ওইসব গাছের মাথায় নেমে এসছে মেঘের দলবল। পাহাড়ের গা-বেয়ে একটু উপরে উঠলেই যেন দিব্যি হাত ভিজিয়ে নেওয়া যাবে মেঘের জলে।

মিঠিদের গাড়ি কিন্তু পাহাড়ে উঠল না। একটা নদী, যার নাম তিস্তা, তিরতিরে জল আর বেশিটাই বালি-পাথর পেরিয়ে পাহাড়ের গা দিয়ে অল্প একটু গিয়েই চলে এল সমান রাস্তায়। তবে এখন আর শহর-বাজার তেমন নেই। ফাঁকা ফাঁকা মাঠ আর মাঝে মাঝেই চা-বাগান। দেখতে দেখতে বিরক্ত হয়ে মিঠি যখন প্রায় ঘুমিয়ে পড়েছে, তখনই আবার পাহাড়ে উঠতে শুরু করল গাড়িটা। তবে বেশিদূর নয়, আঁকাবাঁকা পথ দিয়ে চা-বাগানের মধ্যে কিছুদূর গিয়ে ওরা পৌঁছল একটা লাল টালির ছাদওলা বাংলো বাড়িতে। তার বাইরে বড় বড় করে লেখা আছে 'জুরান্তি'।

মা-বাবা যখন গাড়ি থেকে জিনিসপত্র নামাচ্ছে, সেই সুযোগে টুক করে একবার চারপাশটা দেখে নিল মিঠি। ঠিক যা ভেবেছিল তাই। চারিদিক শুধু পাহাড় আর জঙ্গল। বাড়ি-ঘর, শপিং মল কিচ্ছুটি নেই। একটু ভিডিও গেম খেলার ইচ্ছে হলেও কোনও উপায় নেই। কান্না-কান্না পাচ্ছিল মিঠির। কিন্তু কিছু করার নেই। মায়ের পিছন পিছন চওড়া বারান্দাটা পেরিয়ে ঢুকল বাংলোর ভিতরে। আর ঢুকেই

চমকে উঠল। আরে, সোফা-টোফা দিয়ে সাজানো মস্ত ড্রইংরুমটার এক কোণে ওটা কী! টিভিই তো! "এখানে টিভি আছে?" মিঠির উত্তেজিত প্রশ্নের উত্তরে জিনিসপত্র নিয়ে যাচ্ছিল যে দাদাটা, সে ঘাড় নেড়ে বললে, "হ্যাঁ বেবি। টিভি আছে। সব চ্যানেল দেখা যায়। কার্টুন চ্যানেল ভি।"

খাওয়া-দাওয়া শেষ। মা-বাবা ঘরে। সোফায় আরাম করে বসে টিভিতে মগ্ন মিঠি। বাংলোটা বেশ ফাঁকা ফাঁকা। লোকজন মোটে নেই। বিশেষ করে মিঠির সঙ্গে টিভিতে ভাগ বসানোর মতো তো কেউই নেই। মনের সুখে তাই রিমোট টিপে নিজের পছন্দমতো চ্যানেল ঘোরাচ্ছে সে। দিব্যি চলছে। ওমা! ঝু-উ-উ-প। বন্ধ হয়ে গেল টিভি। লোডশেডিং।

মহা বিরক্ত হয়ে বারান্দায় বেরিয়ে এল মিঠি। শুনশান দুপুর। বেতের চেয়ার পাতা বারান্দাটার পর একটা বড় বাগান। বাগানের শেষে পাহাড়ের ঢাল জুড়ে চা-বাগান। মাঝে মাঝে মস্ত মস্ত গাছ। কী একটা অচেনা গোলাপি রঙের ফুল ফুটেছে তাতে। চা-বাগানের শেষে নীলচে সবুজ পাহাড়। সকালের ধোঁয়া ধোঁয়া মেঘগুলো এখন সাদা ধপধপে তুলোর বল হয়ে আটকে আছে পাহাড়ের মাথায়। চারিদিকে কেমন যেন একটা গাছপালা-ঘাস-জঙ্গলের সোঁদা সোঁদা গন্ধ। মনমরা হয়ে সবকিছু দেখছে মিঠি। হঠাৎ কানে এল, কে যেন ডাকছে, "অ্যাই মেয়ে, শীগগির একবার এদিকে এসো তো।" কে ডাকছে রে বাবা! কেউ তো কোথাও নেই। অবাক হয়ে ভাবলে মিঠি। "আরে আমি ডাকছি। এই তো এদিকে। শুনতে পাচ্ছ না?" ভাল করে তাকিয়ে মিঠি দেখে, একটা টবে প্রায় ন্যাড়া একটা ছোট্ট গাছের ডগায় বসে মস্ত একটা শুঁয়োপোকা তার দিকে ড্যাবড্যাব করে তাকিয়ে আছে। ভয়ে ভয়ে গাছটার দিকে এগিয়ে গেল মিঠি। "বাব্বাঃ এতক্ষণে শোনা হল। কখন থেকে ডাকাডাকি করছি তোমায়।" রীতিমতো ধমকের সুরে বলল শুঁয়োপোকা, "দেখো এই গাছটার পাতা সব শেষ হয়ে গেছে। কিন্তু এখনও আমার পেট ভরেনি। পেট ভরে না খেলে আমি গুটি বাঁধতে পারব না। তুমি তাড়াতাড়ি

আমাকে অন্য একটা গাছে পৌঁছে দাও তো।” শুঁয়োপোকার আবদার শুনে মিঠি তো রীতিমতো অবাক। “সে আবার কী কথা। আমি তোমাকে কী করে নিয়ে যাব শুনি। ধরতে গেলেই তো তুমি আমার হাতে শুঁয়ো ফুটিয়ে দেবে।” “আচ্ছা বোকা মেয়ে তো।” আবার ধমকে ওঠে শুঁয়োপোকা, “হাত দিয়ে তোমায় ধরতে কে বলেছে? এই ডালটা নীচ থেকে ভেঙে নাও। তারপর ওই জিনিয়া গাছের কাছে নিয়ে যাও। আমি টুপ করে পাতায় বসে পড়ব। দেখো, রাস্তায় যেন ফেলে-টেলে দিয়ো না আবার। পাজি বুলবুলিটা তক্ষুনি কুপ করে খেয়ে নেবে।” “কিন্তু জিনিয়াগাছ কোনটা?” জানতে চাইল মিঠি। “তাও চেনো না! ওই যে বেড়ার ধারে লাল টুকটুকে ফুল ফুটেছে।” শুঁয়োপোকার কথামতো ডালটা ভেঙে নিয়ে গেল মিঠি। অবাক হয়ে দেখলে, গাছের পাতায় নেমেই কেমন কুচকুচ করে পাতা চিবোতে শুরু করেছে পোকাটা।

কিন্তু অবাক হতে তখনও বাকি ছিল মিঠির। শুঁয়োপোকার কাণ্ডকারখানা দেখতে দেখতে সবে সে ভাবছে, বারান্দায় ফিরে যাবে, অমনি জিনিয়া ফুল বলে উঠল, “ছিঃ ছিঃ মিঠি, আমি তোমার নাম জানি, আর তুমি আমার নাম জানো না?” “কী করে তুমি আমার নাম জানলে?” অবাক হয়ে জানতে চাইল মিঠি। “কেন, ওই যে তোমার মা তোমাকে ডাকল। তখনই তো জেনে গেলাম।” “তাই বুঝি। তা তোমাকে তো আর কেউ নাম ধরে ডাকেনি। আমি কী করে জানব বলো?” চটপট বলে উঠল মিঠি। “আচ্ছা ঠিক আছে। এবার তো জেনেছ। আমি হলুম গিয়ে জিনিয়া। দেখছ কেমন লাল টুকটুকে রং আমার। এই বাগানে আমার আরও অনেক ভাই-বোন আছে। কেউ কমলা, কেউ গোলাপি, কেউ খয়েরি। পাপড়িগুলো আমাদের একটু খসখসে ঠিকই, কিন্তু রঙের বাহারে আমাদের সঙ্গে কেউ পাল্লা দিতে পারবে না। আজ থেকে আমরা বন্ধু হলাম কেমন?” জিনিয়ার কথা শুনে ভারী খুশি হয়ে তার পাপড়িতে হাত বোলাল মিঠি। আর তক্ষুনি জিনিয়া বলে উঠলে, “আরে দেখো দেখো আমার আর এক

বন্ধু হাজির। চলো চলো তোমার সঙ্গেও ভাব করিয়ে দিই।" ফুলের কথা শুনে চমকে উঠে মিঠি দেখে ভারী চমৎকার একটা হলুদ-কালো ডোরাকাটা, ঝলমলে প্রজাপতি এসে বসেছে ঠিক ফুলের মাঝখানটিতে। "এসো এসো ভাই। বোসো। ভাল করে মধু খাও।" বললে জিনিয়া। পাতার নীচ থেকে উঁকি মারল শুঁয়োপোকাও। "কী হল, তোমার পেট ভরতে কত আর দেরি।" শুঁড় নেড়ে জানতে চাইল প্রজাপতি, "তাড়াতাড়ি গুটি বাঁধো। তবে না ডানা মেলে আকাশে উড়বে।" "সেই চেষ্টাই তো করছি।" গম্ভীরভাবে কথার উত্তর দিয়ে ফের পাতা চিবোতে লাগল শুঁয়োপোকা। "এই হল আমার নতুন বন্ধু মিঠি। কেমন মিষ্টি মেয়ে দেখেছ।" বললে জিনিয়া। "ভারী মিষ্টি মেয়ে", বলেই ফুরফুর করে উড়ে মিঠির গালে ডানা বুলিয়ে দিয়ে ফের ফুলের ওপর গিয়ে বসল প্রজাপতি। "তুমি ভাই ওকে একটু বাগানে ঘুরিয়ে, সবার সঙ্গে আলাপ করিয়ে দাও না। আমি তো আর তোমার মতো উড়ে উড়ে যেতে পারব না।" বললে জিনিয়া। "সে তো যেতেই পারি। কিন্তু আমাকে যে আবার পাঠশালায় যেতে হবে।" প্রজাপতির কথা শুনে মিঠি তো অবাক। "পাঠশালা! তোমার আবার পাঠশালা কীসের?" "বাঃ, তুমি স্কুলে যাও। আর আমি পাঠশালায় যাব না? আমি কি মুখ্যু হয়ে থাকব নাকি?" মিঠির কথা শুনে প্রজাপতি একটু বিরক্তই। "না না তা নয়," কাঁচুমাচু হয়ে বললে মিঠি, "আমি বলছিলাম তোমরাও কি পাঠশালায় পড়াশোনা করো?" "হ্যাঁ...", শুঁড় হেলিয়ে বললে প্রজাপতি। "অনেককিছু পড়াশোনা করি। এই যেমন ধরো, কোন ফুলের মধু মিষ্টি, কোনটা তেতো। কিংবা ধরো খুব বৃষ্টিবাদলার দিনেও কোন ফুল ঝরে যায় না, গেলেই মধু পাওয়া যায়। ডানা মুড়ে ঠিক কেমন করে ফুলের ওপরে বসতে হয়, যাতে ফুলের ব্যথা না লাগে আবার পরাগ-টরাগ ঠিকঠাক আমাদের ডানায় পায়ে লেগে যায়। আবার জানো তো, এখানে জঙ্গলে এমন ফুলও আছে, যারা দেখতে ভারী সুন্দর কিন্তু আসলে ভারী দুষ্টু। তাদের ওপর গিয়ে বসলেই তারা পাপড়ি বন্ধ করে টুপ করে আমাদের গিলে ফেলে। তো সেইসব দুষ্টু

ফুলদের কেমন করে চিনতে হবে, তাও তো আমরা পাঠশালাতেই শিখি।" প্রজাপতির কথা শুনে অবাক হয়ে মিঠি বলে, "আমাকে নিয়ে যাবে তোমাদের পাঠশালায়?" "হ্যাঁ চলো না। ওই তো ন্যাওড়া নদীর ধারে, রাস্তাটা যেখানে বাঁক নিয়েছে, সেখানেই আমাদের পাঠশালা।" কথা বলতে বলতেই চমকে ওঠে প্রজাপতি। "ওই দেখো আমাদের পাঠশালার ঘণ্টা পড়ছে। আজ আমি যাই। কাল বরং তোমায় নিয়ে যাব।" বলেই ফরফর করে উড়ে যায় সে আর মিঠি দেখে সামনের লম্বা গাছটার গায়ে বসে একমনে ঠকাস ঠকাস করে ঠোঁট দিয়ে ঠুকছে একটা লালটুপি পরা পাখি। আর ঠিক যেন কোথা থেকে বাজছে পাঠশালার ঘণ্টা ঢং ঢং, ঢং ঢং।

বিকেলে মা-বাবা বেড়াতে যাবে। মিঠি আগেই বলে দিয়েছে যে সে যাবে না। কারেন্ট এসেছে। মিঠি তাই মন দিয়ে কার্টুন দেখছে। বাংলোর দেখাশোনার জন্য একজন কাকু রয়েছে। তাকে মিঠির ওপর নজর রাখতে বলে বেরিয়ে যাচ্ছে মা-বাবা। টিভি দেখতে দেখতে মিঠি শুনতে পেল, কাকু বলছে, "ন্যাওড়া নদীর ধারে ঘুরে আসুন। ভারী সুন্দর।" শুনেই তো মিঠির কান খাড়া। সেখানেই তো প্রজাপতির পাঠশালা। সঙ্গে সঙ্গে টিভি অফ করে একদৌড়ে মিঠি পিছু ধরল মা-বাবার। বাবা তো অবাক, "কী হল, তুমি যে বললে আসবে না?" "আসলে, নতুন জায়গা তো। ভয় লাগছে। তাই না মিঠি?" মায়ের কথা শুনেই রাগ হয়ে গেল মিঠির। "মোটেই না। আমি ন্যাওড়া নদী দেখতে যাব। ওখানে প্রজাপতির পাঠশালা আছে।" সে আবার কী? দু'জনেই তো আবাক। কিন্তু আর কোনও কথা না বলে গটগট করে হাঁটতে লাগল মিঠি।

ছোট্ট একটা পাহাড়ের মাথায় জুরান্তির বাংলো। সেখান থেকে এঁকেবেঁকে নেমেছে রাস্তা। দু'পাশে সমান করে ছাঁটা চা-গাছের বাগান। মাঝে মাঝে জল যাওয়ার নালা, ছায়া দেওয়ার জন্য বড় বড় গাছ, যাকে বলে রেইন ট্রি। সারাদিন এখানে চা গাছ থেকে কচি পাতা তোলার কাজ হয়। কিন্তু

বিকেলবেলায় কাজ শেষ করে বাড়ি চলে গেছে সবাই। চারিদিক তাই চুপচাপ-শুনশান। দূরে কুবো ডাকছে কুবকুব। শিরীষ গাছের মাথায় সূর্যের আলো ঝিকমিক ঝিকমিক। চুপচাপ হাঁটছে তিনজনেই। কিছুদূর গিয়ে রাস্তার বাঁক ঘুরতেই শোনা গেল নদী বয়ে যাওয়ার ঝরঝর শব্দ। নদীটা তার মানে কাছেই, ভেবে নিয়ে তাড়াতাড়ি এগোচ্ছে ওরা, হঠাৎ রাস্তার ধারে অদ্ভুত এক দৃশ্য দেখে তিনজনেই একদম চুপ। ছোট্ট এক টুকরো ঘাসজমি। তাতে ফুটে আছে অনেক নাম-না-জানা ঘাস ফুল। আর তার ওপর নিঃশব্দে উড়ে বেড়াচ্ছে অসংখ্য নানা রঙের প্রজাপতি। মিঠির বন্ধু সেই হলুদ-কালো ডোরাকাটা প্রজাপতিও আছে সেখানে। "এই তো প্রজাপতির পাঠশালা। বলেছিলাম না তোমাদের।" মা-বাবাকে চমকে দিয়ে আনন্দে হাততালি দিয়ে ওঠে মিঠি।

পাহাড়ে সন্ধে নামে ঝুপ করে। আর ওমনি চারিদিক ঘুরঘুট্টি অন্ধকার। পাহাড়, গাছ, মেঘ সবকিছুর ওপর ঠিক যেন মিঠির রঙের বাক্সের কালো রঙটা গুলে ঢেলে দিয়েছে কেউ। মাঝে মাঝে শুধু থোকা থোকা জোনাকি। মিঠির মনে হল লম্বা লম্বা ভুতুড়ে গাছগুলো যেন তারার মালা পরে সেজেগুজে তৈরি হচ্ছে। মাঝরাত্তিরে মিঠিরা ঘুমিয়ে পড়লে ওরা নিশ্চয়ই সবাই মিলে কোথাও বেড়াতে যাবে।

কিন্তু মাঝরাত্তিরে সত্যিই যখন ঘুম ভেঙে গেল মিঠির, তখন কিন্তু গাছেদের কথা ওর আর একটুও মনে নেই। ঘুম ভেঙে বিছানায় চুপচাপ একটু শুয়ে থেকেই মিঠি বুঝতে পারল, বাইরে বৃষ্টি পড়ছে। টালির চালে শোনা যাচ্ছে তার ঝমঝম শব্দ। কিন্তু তার সঙ্গে কানে আসছে আরও একটা শব্দ। কারা যেন কী একটা খুব জোরে জোরে পেটাচ্ছে। মা-বাবা দু'জনেই ঘুমোচ্ছে। মিঠি আস্তে আস্তে খাট থেকে নেমে জানলার কাছে এসে দাঁড়ায়। কাচের ওধারে বৃষ্টি পড়ছে। বড় বড় জলের ফোঁটা ভেঙে গুঁড়ো গুঁড়ো হয়ে ছড়িয়ে যাচ্ছে চারিদিকে। বাংলোর রাস্তার নুড়িগুলো জলে ভিজে চকচকে। মাঝরাত্তিরে

এমনভাবে কখনও বৃষ্টি দেখেনি মিঠি। চুপ করে তাকিয়ে থাকতে থাকতেই হঠাৎ কানে এল কে যেন মিষ্টি সুরে বলছে, "ভয় পেয়েছ বুঝি?" জানলার পাশেই আলমারির মাথায় মোটাসোটা, পাউডার মেখে ধপধপে ফরসা একটা টিকটিকি। গোল গোল কাজলপরা চোখ মেলে মিটিমিটি হাসছে। "না না, ভয় আমি পাইনি মোটেই। আমার খুব সাহস। আমি শুধু ভাবছিলাম, ওটা কীসের আওয়াজ হচ্ছে।" "ও কিছু না, নীচের চা-বাগানের লোকেরা চিতাবাঘ তাড়াচ্ছে।" "চিতা বাঘ!" আঁতকে ওঠে মিঠি। "হ্যাঁ তুমি তো জানো না, এখানে মাঝে মাঝেই চিতা বাঘ আসে। আসলে এই পাশের চা-বাগানটা তো বন্ধ। ওখানকার লোকেদের খুব কষ্ট। ওরা রাতে আলো জ্বালাতে পারে না। আর সেই সুযোগে চিতা বাঘ আসে মুরগি চুরি করতে।" টিকটিকি এত কিছু জানে দেখে চমক লাগে মিঠির। "লোকেরা তখন কী করে?" "এই যে এরকম করে টিন বাজিয়ে তাড়ায়। অনেক সময় হাতিও আসে এদিকে। তাদেরকেও এরকম টিন বাজিয়ে তাড়াতে হয়।" "দিনের বেলায় চিতাবাঘ আসে না, তাই না?" মিঠির কথায় ফের একটু মুচকি হাসল টিকটিকি। "হ্যাঁ, দিনের বেলাতেও আসে। ওই যে চা-বাগানের ভিতর জলের নালা দেখেছ, ওখানে শুয়ে থাকে। তখন পটকা ফাটিয়ে ওদের তাড়াতে হয়। তবে তুমি ভয় পেয়ো না। চিতাবাঘ বাংলোর দিকে আসবে না। এখানে আলো জ্বলে তো। তুমি বরং এবার মা-এর কাছে গিয়ে শুয়ে পড়ো।" টিকটিকির কথা শুনে আসলে কিন্তু একটু ভয় ভয়ই লাগছিল মিঠির। তাই আর কথাটি না বলে চুপচাপ মায়ের কোল ঘেঁষে শুয়ে শক্ত করে চোখ বন্ধ করল সে। আর বৃষ্টির শব্দ শুনতে শুনতে ঘুমিয়ে পড়ল একটু পরেই।

মা-বাবা দু'জনকেই সারাদিন অফিসে খুব কাজ করতে হয় তো, জুরান্তিতে এসে তাই ঠিক হয়েছে সারাদিন শুধু নিজের মতো থাকা হবে। ব্রেকফাস্ট খেয়ে, এক পট চা নিয়ে বাবা তাই বারান্দার বেতের সোফায় আরাম করে বসে একমনে বই পড়ছে। মা বেরিয়ে পড়েছে ক্যামেরা নিয়ে। এদিক-ওদিক

খুশিমতো ছবি তুলতে। এদিকে টিভির সামনে বসে রিমোট নিয়ে নাড়াচাড়া করতে করতে আজ যেন কেমন একটু আনমনা হয়ে যাচ্ছে মিঠি। কার্টুনের গল্পটা ভাল লাগছে না তেমন। "বাগানে গিয়ে প্রজাপতি বন্ধুকে খুঁজে বার করব নাকি" ভাবছে মিঠি। ঠিক সেই সময় জানলায় এসে বসল ঝুঁটি বাঁধা বুলবুলি, "এই মিঠি, কী করছ? শীগগির এসো। আমরা সবাই তোমার জন্য অপেক্ষা করছি।" "কই কই কোথায়?" বলতে বলতে মিঠি বুলবুলির পিছন পিছন একছুটে একেবারে পিছনের বাগানে। এদিকটায় শুধুই ফলের গাছ। পেয়ারা, সবেদা, ন্যাশপাতি, জামরুল। বেশিরভাগ তো চেনেই না মিঠি। আর এইসব গাছের ডালে ডালেই বসেছে পাখিদের আড্ডা। মিঠিকে দেখেই উড়ে এল ল্যাজঝোলা ম্যাগপাই। সামনের ন্যাশপাতি গাছে বসে গায়ের পালক ফুলিয়ে গল্প করতে লাগল মিঠির সঙ্গে। ছতর ছতর করে শুকনো পাতা উলটে পোকা খুঁজতে খুঁজতে যোগ দিল একদল ছাতারেও। ভারী সুন্দর দেখতে সবুজ রঙের একজোড়া বুনো ঘুঘুও বন্ধু হল মিঠির। পাকা পেয়ারা ঠোকরাতে ঠোকরাতে চমৎকার শিস দিয়ে শোনালে বুলবুলি। তবে মিঠির কিন্তু সবথেকে পছন্দ হল টুনটুনিকে। ঝাঁকড়া সবেদা গাছের পাতার ফাঁকে তার ছোট্ট বাসা। সেখানে আছে ক্ষুদে ক্ষুদে দুটো ডিম। এই ডিম থেকে ছানা বেরোবে টুনটুনির। ভেবেই আনন্দে মনটা ভরে গেল মিঠির।

দু'দিন কেটে গেছে। আজই কলকাতায় ফেরা। সকাল থেকেই মিঠির তাই মন ভার ভার। টিভি দেখতে ইচ্ছে করছে না একটুও। সারাক্ষণ খালি ভাবছে, কতক্ষণে মা-বাবা নিজের মতো বেড়াতে বেরোবে আর ও যাবে বাগানে। ফুলেদের সঙ্গে তো ভাব করাই হল না। প্রজাপতি বন্ধু বলেছিল ভাব করিয়ে দেবে, তারও তো দেখা নেই। মন খারাপ লাগছে মিঠির। মা-বাবা একটু পরেই চা-তৈরির কারখানা দেখতে গেল। যেতে চাইল না মিঠি। চারিদিক ফাঁকা হতেই চুপি চুপি চলে এল বাগানে। কিন্তু প্রজাপতি বন্ধু তো কোথাও নেই। কী হবে এখন। লাল টুকটুকে জিনিয়া ফুলটাও ঝরে গেছে।

একলা একলা বাগানে দাঁড়িয়ে যখন প্রায় কান্না পাচ্ছে মিঠির, এমন সময় কানের পাশে ভোঁ করে উড়ে এল ভোমরা। "ওমা এ কী! চোখে জল কেন মিষ্টি মেয়ের?" "প্রজাপতি বন্ধুকে খুঁজে পাচ্ছি না যে। ফুলেদের সঙ্গে ভাব করব কী করে?" কাঁদো কাঁদো হয়ে বললে মিঠি। "এসো এসো, আমি তোমার সঙ্গে ভাব করিয়ে দিচ্ছি ফুলেদের।" ভোঁ ভোঁ করে উড়ে চলল ভোমরা। পিছন পিছন মিঠি।

সবুজ ঘাসের লনটা পেরোলেই যেন মেলা বসেছে ফুলের। লাল-গোলাপি-কমলা- হলুদ-বেগুনি— ঠিক যেন একটা ঝকঝকে রঙচঙে কার্পেট। কেউ বেশ বড়সড়। পাতায় সাজানো গাছের ডালে সেজেগুজে বসে আছে। কেউ আবার ভারী ছোট্ট। ঘাসের ভিতর থেকে চুপিচুপি উঁকি মেরে মিটিমিটি হাসছে। আর কী আশ্চর্য। প্রত্যেক ফুলের ভেতর যে একজন করে পরি থাকে, তা তো জানাই ছিল না মিঠির। ঠিক পাপড়ির রঙের জামাকাপড় পরে ফুলের মধ্যে বসে আছে একজন করে ছোট্ট পরি। ভোমরা আলাপ করে দিচ্ছে আর তারা চুমু খাচ্ছে মিঠির কচি আঙুলে। আর মিঠির এত আনন্দ হচ্ছে, যেমন আনন্দ আগে আর কখনও হয়নি। সবার সঙ্গে আলাপ সেরে ঘাসের ওপর এসে বসতেই গুনগুন করে গান ধরল ভোমরা। আর তালে তালে নাচতে লাগল পরিরা। ততক্ষণে এসে জুটেছে প্রজাপতিরাও। বাগান জুড়ে ফুল আর প্রজাপতিদের নাচ দেখে দারুণ খুশিতে হাততালি দিয়ে মিঠি বললে, "আমিও নাচ জানি। দেখাব তোমাদের?" হইচই করে উঠল পরিরা। "দেখাও দেখাও। এখুনি দেখাও।" কিন্তু মিঠি নাচ শুরু করার আগেই মায়ের গলা শোনা গেল, "এ কী মিঠি, বাগানে একলা একলা কী করছ?" চমকে উঠে মিঠি দেখে, ফুলপরিরা সবাই টুপ করে ঢুকে গেছে ফুলের মধ্যে। ভোমরা আর প্রজাপতিরা এমনভাবে ওড়াওড়ি করছে, যেন মিঠিকে চেনেই না। "আমি তো ফুল দেখছিলাম", মিঠির কথা শুনে মা-বাবা দু'জনেই তো রীতিমতো অবাক। "তুমি কি এখন বাগানেই থাকবে", জানতে চাইল বাবা।

"হ্যাঁ-অ্যা-অ্যা। থাকি না। খুব ভাল লাগছে।" বললে মিঠি। "তোমরা ঘরে যাও না। আমি পরে যাব।" মা-বাবা চোখের আড়াল হতেই পুটপুট করে আবার বেরিয়ে এল ফুলপরিরা। মিঠিও মনের সুখে গান গেয়ে নেচে দেখাল তাদের। জানতেও পারল না, বাংলোর জানলা থেকে অবাক হয়ে তার নাচ দেখছে মা-বাবাও।

গাড়ি এসে গেছে। বাবা জিনিসপত্র গাড়িতে তুলছে। এক ফাঁকে ছুট্টে গিয়ে পাখি, প্রজাপতি, ফুলপরি সবাইকে 'বাই বাই' করে এসেছে মিঠি। কিন্তু মনটা তার বড্ড খারাপ। গাড়িতে উঠতে যাবে, অমনি দমকা হাওয়ায় গাছ থেকে খসে পড়ল একগোছা গোলাপি ফুল। তাড়াতাড়ি তুলে নিলে মিঠি। ঠিক বুঝলে বন্ধুরা তাকে উপহার দিচ্ছে। চা-বাগানের রাস্তা দিয়ে গাড়ি যখন নামছে, মিঠি চুপিচুপি বাবাকে বললে; "জুরান্তিটা বড্ড ভাল বাবা। আবার আসব। এখানে আমার অনেক বন্ধু হয়েছে।"